Disney · PIXAR

DEL REVÉS 2
(INSIDE OUT 2)

AF873580

LEO CON Disney
NIVEL 3

cliper

Papel certificado por el Forest Stewardship Council®

MIXTO
Papel | Apoyando la silvicultura responsable
FSC® C117695

Primera edición: junio de 2024
Primera reimpresión: julio de 2024

Printed in Spain – Impreso en España

ISBN: 978-84-19487-18-6
Depósito legal: B-7832-2024

Diseño y maquetación: MYR Servicios Editoriales, S.L.

Impreso en Talleres Gráficos Soler, S.A.
Esplugues de Llobregat (Barcelona)

DS 8 7 1 8 6

APRENDO CON DISNEY

DISNEY · PIXAR

DEL REVÉS 2 (INSIDE OUT 2)

Información para las familias y educadores

Leer aporta grandes beneficios a todas las personas. Es fundamental promover en nuestros hijos el amor por la lectura, una tarea que a veces no resulta nada fácil debido a que otras actividades de ocio pueden resultar inicialmente más atrayentes. Por este motivo, es muy importante que desde bien pequeños aprendan a leer e inculcar en ellos este hábito. La lectura ayuda a que los niños estimulen su imaginación y creatividad —haciendo que sientan más interés por las cosas que les rodean— y, además, aumenten sus conocimientos y cultura generales. ***Leo con Disney*** es una colección pensada para que los pequeños de la casa lean diariamente unas páginas, mejoren su vocabulario, aprendan nuevas palabras y sonidos (fonemas), y desarrollen su agilidad mental con los divertidos ejercicios de comprensión lectora al final de cada cuento.

En la colección ***Leo con Disney*** podréis encontrar varios NIVELES DE LECTURA:

LEO CON DISNEY NIVEL 1

Cuentos cortos escritos en letra ligada y letra de palo en el mismo folio para fomentar la transición hacia la lectura y en los que cada cuento trabaja una vocal, letra o grupo consonántico específico que se diferencia con un coloreado agradable y distinto al resto de la historia. Además, incluyen unas sencillas preguntas que garantizan que los niños desarrollen la comprensión lectora.

LEO CON DISNEY NIVEL 2

Cuentos un poco más complejos escritos en letra de imprenta y un párrafo por página para los niños que empiezan a dominar el hábito lector y tienen un mayor vocabulario. Cuentos llenos de valores y reflexiones para que los pequeños trabajen su propia inteligencia emocional.

LEO CON DISNEY NIVEL 3

Historias con frases más variadas, párrafos más largos y palabras nuevas que incluyen algunas oraciones compuestas y diálogos. Perfectas para los lectores que empiezan a leer solos.

Es imprescindible concienciarnos de las virtudes que tendrá de cara al futuro de los niños el hecho de que desde temprana edad aprendan a disfrutar y divertirse con un buen libro. Conseguirán, asimismo, mejorar su rendimiento en el colegio y expresar con mayor exactitud lo que piensan, lo que sienten y desarrollarán su memoria y capacidad de concentración. La colección que tienes en tus manos, ***Leo con Disney***, está diseñada para potenciar esta provechosa y maravillosa práctica.

Disney · PIXAR

DEL REVÉS 2 (INSIDE OUT 2)

cliper

Queda muy poco para que acabe el partido de hockey sobre hielo.

Riley se hace con el disco y se lo pasa a Grace. Grace lanza y consigue marcar. ¡Han ganado el campeonato!

Riley, Grace y Bree
celebran la victoria bailando
sobre el hielo.

Son muy amigas, acaban de terminar
el curso y el próximo irán a un
colegio nuevo. ¡Será genial!

La entrenadora del equipo del nuevo colegio las felicita por la victoria y las invita a ir a un campamento de hockey. Pasarán tres días jugando con las mayores. ¡Vaya sorpresa!

FOG HORNS

Alegría, Tristeza, Miedo, Asco e Ira están muy contentas por lo bien que le ha ido a Riley.

Son sus emociones básicas y viven en un lugar de su mente llamado la Central.

La victoria ha creado un recuerdo feliz, y Alegría lo lleva enseguida al Sistema de creencias, que forma la identidad de Riley. Incluso Tristeza se asombra de lo bonito que es.

En cambio, cuando Riley tiene una mala experiencia, Alegría envía el recuerdo desagradable al Fondo de la mente para que Riley lo olvide lo más rápido posible.

Riley es una buena chica y ese es el concepto que ella tiene de sí misma. Sus creencias y sus recuerdos le dan confianza y la guían. Alegría está orgullosa.

Esa noche, mientras Riley duerme, una alarma se dispara en la Central de su mente y despierta a las emociones. Una luz roja parpadea en la consola. ¡No saben qué es!

PUBERTY!

De repente, llegan los trabajadores de la mente y empiezan a desmontarlo todo. Quieren ampliar la Central para que se instalen las nuevas emociones. ¿Las nuevas? ¿Qué nuevas?

¿Qué hace Alegría con los malos recuerdos de Riley?

Esa noche, algo cambia en la mente de Riley. Por la mañana, se despierta confusa y contesta mal a su madre. Parece que sus sentimientos se han vuelto más intensos.

De camino al campamento,
Bree y Grace le dan una mala
noticia: ellas irán a otro colegio.

No estarán juntas el próximo curso. Riley estará sola en la nueva escuela.

Al llegar, Riley, distraída, choca con Valentina, la capitana de su equipo favorito. La admira mucho.

Valentina le pregunta algo,
pero ella se pone tan nerviosa
que no puede responder.

¿Cómo se siente Riley al saber que no estará con sus amigas el curso que viene?

Justo entonces, llegan las nuevas emociones a la Central. Son Ansiedad, Envidia, Vergüenza y Ennui. Ansiedad tiene muchas ganas de empezar a trabajar en la consola.

Ansiedad está preocupada por Riley. Valentina y las mayores van al colegio al que irá Riley el próximo curso y esta no sabe si intentar ser su amiga o quedarse con Bree y Grace. Alegría interviene.

ATTITUDE IS IMPORTANT
MAKE YOURS A GOOD ONE
COLA

Ella cree que Riley, Bree y Grace deben aprovechar la ocasión y disfrutar juntas del campamento. Empiezan a bromear y, entre risas y fotos, llegan tarde al entrenamiento.

30
31

BAY AREA
STATE
YOUTH HOCKEY
DMR

La entrenadora castiga a todas las jugadoras por el retraso. Además, Riley oye un comentario de las mayores que casi la hace llorar. Ansiedad sustituye a Alegría.

Riley le pide disculpas a Valentina por lo ocurrido. Ella las acepta y le propone que se una a su equipo. Ansiedad está encantada, pues quiere que Riley haga nuevas amigas.

BAY AREA
SKILLS
CAMP

Las emociones tienen ideas distintas de lo que es mejor para Riley. Ansiedad cree que necesita un nuevo concepto de sí misma y envía su vieja identidad… ¡al Fondo de la mente!

¿Qué le propone Valentina a Riley?

Es la hora de formar los equipos. Riley decide aceptar la propuesta de Valentina y unirse al equipo de las mayores. Bree y Grace están decepcionadas.

'13
SKILLS CAMP
88

Ansiedad quiere impedir que las emociones básicas recuperen

la vieja identidad de Riley, y las hace encerrar en el lugar de la mente donde se ocultan los secretos.

La única forma de salir de allí es pedir ayuda a Pouchy, una bolsa mágica de unos dibujos animados que Riley mira en secreto. Ella le da a Ira un cartucho de dinamita con el que vuelan la puerta y escapan.

TNT

Pronto llegan a la corriente
de la consciencia de Riley.
Ahora ella está pensando
en pizza, por lo que ya
tienen balsa para navegar
hasta el Fondo de la mente.

¿Qué quiere encontrar Alegría en el Fondo de la mente?

¿Pero cómo volverán a la Central desde el Fondo de la mente? Tristeza regresará sola a través de un tubo y, cuando la avisen, pulsará el botón de retorno rápido de la consola.

ALL-STATE
HOME
VISITOR
PENALTY
PERIOD
BAY AREA
2003-04

Animada por Ansiedad, esta mañana Riley ha ido muy temprano a entrenar. Valentina ha hecho lo mismo y se sorprende de verla allí. Le recuerda que esa noche hay una fiesta.

SPINNEY'S
SPINNEY'S

En la fiesta, el deseo de encajar con las mayores hace que Riley se comporte de manera extraña. ¡Incluso se burla de los gustos de Bree y Grace! No parece ella misma.

Esa actitud cambia su mente. De repente, se abre una grieta enorme bajo el río. ¡Van a caer en el Abismo del sarcasmo! En el último instante, las emociones básicas consiguen salvarse.

Alegría, Miedo, Asco
e Ira llevan horas
caminando buscando una
señal que las guíe hasta
la identidad de Riley.
Miedo ve brillar una luz
en la distancia. ¡Ahí está!

Riley duerme inquieta. En Imaginalandia, siguiendo las órdenes de Ansiedad, los

trabajadores de la mente imaginan todo lo que puede ir mal: tiros y pases fallidos, a la entrenadora enfadada…

¡Están usando la imaginación de Riley para angustiarla! Alegría pide a los trabajadores que se rebelen. Pero Ansiedad envía a la policía mental y tienen que huir.

Mientras, Tristeza ha logrado llegar a la Central. Se ha buscado un escondite desde donde espera la llamada de Alegría. Solo Vergüenza sabe que está ahí, pero no dice nada.

Riley se despierta a media noche. Tiene una idea. Si supiera qué opina la entrenadora de ella, podría encontrar la forma de impresionarla. Solo tiene que ir a su despacho…

Está mal entrar en el despacho a escondidas y mirar la libreta de la entrenadora sin permiso. Cuando Tristeza intenta impedirlo, Ansiedad la descubre e intenta calmarla.

Riley, a pesar de sus dudas iniciales, abre la libreta y lee: «Aún no está preparada». ¿Cómo? ¿No va a estar en el equipo el curso que viene? Ansiedad se pone nerviosa.

¿Alguna vez has hecho algo que no debías?

Tiene que lograr que la entrenadora cambie de opinión, ¡y solo queda un partido! Se necesitan ideas, muchas ideas. Ansiedad pulsa «tormenta de ideas» en la consola.

La tormenta mental es tan fuerte, que un remolino arrastra a Alegría y sus compañeras. Agarradas a una idea muy grande, acaban aterrizando… ¡en el Fondo de la mente!

Riley quiere estar en el
equipo de las mayores
el próximo curso y, para
conseguirlo, se ha propuesto
marcar tres goles. ¡Hasta
se ha teñido un mechón
de pelo, como ellas!

HAMPIONS
NOR-CAL
WEST
'13
15
SKILLS CAMP

Sale a la pista dispuesta a marcar a toda costa. Empieza bien, pero de repente, todo comienza a torcerse. Una rival le bloquea el paso y Riley la derriba. ¡Es Grace!

La entrenadora señala expulsión temporal. El partido se está acabando y Ansiedad está desesperada. Eso hace que Riley se agobie todavía más y apenas pueda respirar.

¿Para qué crees que se acercan Bree y Grace a Riley?

BAY AREA
SKILLS
CAMP
15

BAY AREA

Alegría ha encontrado la vieja identidad de Riley y llama a Tristeza para que las haga regresar. Pero Ansiedad ya ha creado uno nuevo y rompe el tubo de retorno.

Las emociones básicas solo tienen una opción: provocar una avalancha de recuerdos que las arrastre hasta la Central. Es muy peligroso. «¡Por Riley!», grita Asco, ¡y funciona!

En la Central, ninguna de las dos identidades parece funcionar bien. En su lugar, una nueva identidad empieza a crecer, una que se ajusta de verdad a la Riley de ahora.

De repente, Riley se calma. Pide perdón a Bree y a Grace. Al final del partido, ambos equipos se felicitan. Riley se abraza a sus amigas, a todas, las viejas y las nuevas.

¿Cómo crees que se siente Riley ahora? ¿Y sus amigas?

23
17
OCKEY

107

Riley está bien. Ha empezado el curso en el nuevo colegio. No sabe si la han elegido para entrar en el equipo. Le gustaría, pero, pase lo que pase, ahora sabe cómo afrontarlo.

ACTIVIDADES

En la Central viven las emociones de Riley. Todas quieren lo mejor para ella. Observa la imagen y completa las frases.

En el centro de la consola está

....

A la derecha de la consola están

....

Soluciones

En el centro está Alegría.
A la derecha están Envidia
y Tristeza. Correctas: la 1 y la 3.

A Riley le encanta jugar al hockey sobre hielo. ¿Qué sabes de este deporte? Pinta la casilla de las frases correctas.

1 Es un deporte de equipo. ☐

2 Se juega con raqueta. ☐

3 Los jugadores llevan patines. ☐

4 La pista es de hierba. ☐

ACTIVIDADES

Contar los puntos en un partido de hockey es complicado. Añade el signo **+** o **–** que falta para que el resultado sea correcto.

$$3 + 1 + 4 \bigcirc 2 = 10$$

$$6 + 1 + 3 \bigcirc 2 = 8$$

$$7 \bigcirc 2 + 4 + 2 = 11$$

$$5 + 4 \bigcirc 2 + 5 = 16$$

Las emociones básicas se han sentido amenazadas por la llegada de las nuevas. Fíjate en sus expresiones y relaciónalas con su nombre.

1 IRA

2 ASCO

3 MIEDO

Soluciones

+, –, –, +.

Otros títulos de la colección

LEO CON DISNEY NIVEL 3